A AMIZADE DE Ana e Beatriz

Editora Appris Ltda.
1.ª Edição - Copyright© 2023 dos autores
Direitos de Edição Reservados à Editora Appris Ltda.

Nenhuma parte desta obra poderá ser utilizada indevidamente, sem estar de acordo com a Lei nº 9.610/98. Se incorreções forem encontradas, serão de exclusiva responsabilidade de seus organizadores. Foi realizado o Depósito Legal na Fundação Biblioteca Nacional, de acordo com as Leis nºs 10.994, de 14/12/2004, e 12.192, de 14/01/2010.

FICHA TÉCNICA

EDITORIAL	Augusto V. de A. Coelho
	Sara C. de Andrade Coelho
COMITÊ EDITORIAL	Marli Caetano
	Andréa Barbosa Gouveia - UFPR
	Edmeire C. Pereira - UFPR
	Iraneide da Silva - UFC
	Jacques de Lima Ferreira - UP
SUPERVISOR DA PRODUÇÃO	Renata Cristina Lopes Miccelli
ASSESSORIA EDITORIAL	Bruna Holmen
REVISÃO	Arildo Junior e Nathalia Almeida
DIAGRAMAÇÃO	Renata Cristina Lopes Miccelli
CAPA	Eneo Lage

Catalogação na Fonte
Elaborado por: Josefina A. S. Guedes
Bibliotecária CRB 9/870

```
O482a     Oliveira, Eliana Teresinha Freitas de
2023         A amizade de Ana e Beatriz / Eliana Teresinha Freitas de Oliveira.
          – 1 ed. – Curitiba : Appris, 2023.
             32 p. : il. color. ; 16 cm.

             ISBN 978-65-250-5444-5

             1. Literatura infantojuvenil. 2. Amizade. 3. Empatia. I. Título.

                                                                 CDD - 028.5
```

Editora e Livraria Appris Ltda.
Av. Manoel Ribas, 2265 – Mercês
Curitiba/PR – CEP: 80810-002
Tel. (41) 3156 - 4731
www.editoraappris.com.br

Printed in Brazil
Impresso no Brasil

Eliana Teresinha Freitas de Oliveira

A AMIZADE DE Ana e Beatriz

Appris editora

Aos meus pais na Espiritualidade.

Agradeço a Deus e a todas as pessoas que me incentivaram a publicar este livro. Especialmente, agradeço às professoras Telma Inara Noimann Pereira e Liane da Costa Tatsch.

Lembro-me com muita saudade de minha infância, das férias na casa de meus avós. Generosos e tranquilos, Julia e Doríco recebiam em todos os verões eu e meus primos, Carlinhos e Augusto, no velho chalé cor de rosa de cidade do interior. Pátio grande e pomar bem cuidado de frondosas laranjeiras.

As brincadeiras no balanço e o cheiro de pão caseiro com geleia de laranja eu posso sentir o gosto até hoje, são lembranças preciosas para mim. Como também das roupinhas que vovó costureira fazia para as minhas bonecas. Meu avô inventor criava pipas coloridas e brinquedos que ele detalhava com capricho aos meninos.

Era a mais pura felicidade essa época para uma menina simples e com limitação, surdez no ouvido esquerdo, mas isso nunca me impediu de me divertir. Mesmo me sentindo diferente na escola, no convívio com as colegas, pois havia exclusão e tolas brincadeiras de cochichos para que eu não pudesse ouvir as conversas, isso trazia tristeza, mas o carinho da minha família mostrava que era muito amada por eles e desta forma eu fui uma criança feliz.

Na casa de meus avós, eu podia subir nas árvores para ler um livro ou observar a bela cidadezinha, gestos impossíveis na grande cidade onde morava com meus pais em um pequeno apartamento. Pois foi lá no chalé que tive a oportunidade de viver uma história que iria mudar para sempre a minha vida. Do alto das árvores, eu via a rua dos fundos e enxerguei moradores novos para uma casa que estava fechada há muito tempo.

Minha esperança era de ter uma garota para sermos amigas, no entanto, percebi somente um casal chegando, que decepção! Amava meus primos, nos divertíamos muito, mas gostaria de encontrar uma menina para passar bons momentos, sentia que precisava de uma companhia feminina da minha idade para conversar e sorrir como duas adolescentes.

Os dias se passaram e eu, de volta à copada da árvore, avistei, na casa já habitada, uma menina atrás do muro sentada, linda, de cabelos loiros com presilha enfeitando, imóvel, triste e olhando para o nada. Decidi acenar, gritei, mas sem sucesso, pois ela nem me deu atenção. No primeiro instante, achei que era esnobe e não dei bola.

Mas a visão dela não saia do meu pensamento, a possibilidade de uma nova amiga enchia--me de alegria, talvez ela não se importasse por eu ser surda, porém sua tristeza me intrigava e podia observá-la a cada dia sempre igual: não brincava nem␣sorria, somente sentada com olhar vazio.

Surgiu a ideia de me apresentar, fazer uma cartinha, peguei canetinhas coloridas e em breves palavras a convidei para brincar. Disse que tinha dez anos, coloquei meu número de celular e assinei "com carinho, Ana". Atravessei a rua e coloquei no muro, com uma pedra em cima, a cartinha afetuosa antes do horário que ela costumava sentar-se toda a tarde.

De volta ao pátio, meu coração estava aos pulos, ansioso se ela ligaria ou não, mas por dias permaneceu em silêncio e eu não desgrudava do celular por nenhum momento, pois queria ajudá-la. Não conseguia imaginar uma menina vivendo nesse sofrimento.

Sequer sabia seu nome, mas já havia me afeiçoado a ela. Aquela situação indefinida trazia um emaranhado de sentimentos que eu não tinha ainda vivenciado entre a curiosidade infantil. A única certeza que tinha no momento era que eu não iria desistir de ajudar, pois precisava fazer algo por ela.

Então resolvi que a cada tarde eu deixaria alguma surpresa no muro, na esperança que algo pudesse lhe agradar. Comecei colocando uma revistinha em quadrinhos com personagens bem engraçados, depois um livro de aventuras, flores perfumadas do jardim da vovó, biscoitos deliciosos, enfeites de cabelos, entre outros mimos foram dados a ela com carinho e sempre acompanhados por um bilhetinho dizendo:

"De: Sua quase amiga, ANA!".

Sem sucesso algum, não obtive resposta, o que fazer? Aquela situação passou a ser meu foco principal, larguei todos os meus hábitos e diversões de férias, pensava nisso o tempo todo. Sofria calada com meu dilema, mesmo que o pessoal da casa notasse minha mudança repentina de comportamento, pois éramos muito unidos. De qualquer forma, preferi guardar segredo.

Precisava chamar atenção e isso me levou a ter uma ideia. Revirei o baú de fantasias da vovó e encontrei um chapéu muito divertido, cheio de adereços e cores e fiz um cartaz escrito "QUER SER MINHA AMIGA?" com letras bem grandes, pensei: agora tudo ou nada! Estava disposta a pagar um mico por uma amizade!

E cheia de coragem subi na laranjeira e ela já estava lá sentada. No chapéu que eu usava tinha guizos e o barulhinho despertou a atenção. Ela me olhou e começou a gargalhar bem alto, ria muito, na maior alegria! Na verdade até eu achei graça em mim, mas segui me mexendo e segurando o cartaz, enquanto ela se retorcia de tanto rir.

Fui me sentindo ridícula no momento, não sabia se estava agradando e, de nervosa, desequilibrei e cai como uma fruta madura, ela gargalhou ainda mais com o desfecho da cena muito engraçada.

E agora eu estava envergonhada, mas tinha alcançado meu objetivo. A menina se desmanchou em risos, mesmo o final que eu idealizei fosse outro, pois não pretendia ter caído da árvore e imaginava que ela fosse falar comigo, ou até mesmo ver se eu havia me machucado... mas pensando bem, que não fui até lá, talvez eu ficasse mais constrangida. A menina permaneceu sentada atrás do muro de sua casa.

Não sabia como agir, será que havia estragado tudo? Não teria mais coragem de procurá-la. Por sorte tive só uns arranhões, meus primos ajudaram, me levantaram do chão e também riram muito de mim. Só não entenderam o que fazia com aquele chapéu de carnaval fora de época. Não contei a ninguém, nem mesmo eu saberia explicar o que estava acontecendo comigo.

Por dias não passei nem perto do pomar, tamanha a vergonha. Mesmo que eu tivesse planejado tudo, foi depois do acontecimento que eu pude refletir que poderia ter me machucado muito. Afinal, por que eu estava insistindo tanto nesta amizade? Talvez fosse melhor assim, ela poderia nem gostar de mim ou ser preconceituosa depois que soubesse que sou surda.

Resolvi voltar a minha rotina de antes, mas não era a mesma coisa, sentia um vazio, faltava algo e eu não entendia o que era. Agora era eu quem ficava sentada no sofá da sala vendo TV o dia inteiro na maior tristeza. Meus avós até achavam que eu estava doente e me medicaram. Pensaram que era saudades de casa e ligaram para os meus pais. Eu falei também com eles e disse que estava tudo bem.

Até que meu celular tocou, número desconhecido, voz tímida e educada, era Beatriz, a menina triste, queria saber como eu estava e se preocupou comigo, pois há dias não me via e imaginava que eu tivesse me ferido muito. Disse que gostou muito dos meus presentes, que foi especial o carinho que tenho com ela e todos esses dias sem notícias lhe deram saudades minhas.

Disse que eu era a menina mais alegre que já havia conhecido e se descreveu como tímida e desajeitada! Que dupla nós formaríamos então? Entre risos, percebemos que nos completaríamos...

Em tom mais sério, falou da transferência de seus pais para o interior, que esteve afastada da escola e que sua professora lhe trazia os temas para fazer na cidade em que morava e estava insegura em voltar para uma escola nova.

Desde o primeiro instante, percebemos uma imensa afinidade de gostos, parecia que já fazia muito tempo que nos conhecíamos, nas músicas, comidas, roupas, livros e tudo mais. Incrível! Também me falou que não poderia sair de casa porque não conhecia ninguém na cidade.

A alegria estava de volta em minha vida, falávamos toda hora ao celular, riamos muito, mandávamos fotos, vídeos, mensagens, áudios e músicas. Mudei minha rotina novamente e com isso vovó queria saber do porquê, eu só falava no celular, ficou preocupada que pudesse ser um estranho. Mesmo que tivesse saído de uma fase de tristeza momentânea, sendo que antes eu vivia correndo por aí, eles estavam confusos com tanta variação de atitudes.

Contei tudo à minha avó, que na mesma hora disse que teríamos que nos apresentar aos novos vizinhos para dar as boas-vindas e convidar a menina para brincar em nossa casa. Todos ficaram aliviados, pois já imaginavam que eu estava precisando de ajuda emocional e também ficaram curiosos para conhecer minha amiga.

E assim fizemos, com um saboroso bolo de laranja nas mãos, eu e D. Julia chegamos ao portão dos desconhecidos. Fomos recebidos com toda gentileza por uma jovem senhora, Lúcia, mãe da minha amiga.

Numa conversa descontraída, as duas demonstraram felicidade pela nossa amizade e a forma como ela aconteceu, mas num tom mais sério, contou que a família sofrera um acidente de carro, um motorista que dirigia em alta velocidade, e possivelmente embriagado, batera no carro deles na volta das férias, causando uma tragédia.

Emocionada, a mãe contou da longa recuperação da única filha. O período de depressão parecia ter chegado ao fim e com certeza seria a minha influência a causa de ela estar mais animada. Pediu licença para chamá-la.

Tamanha foi nossa surpresa, pois vinha trazida pela mãe em uma cadeira de rodas, não poderia mais andar, mesmo assim abriu um sorriso que nos iluminou naquele momento de encontro tão emocionante que jamais esquecerei!

Longo foi o nosso abraço, cheio de afeto e afinidades. Beatriz percebeu que precisava falar de frente para mim e que eu lia seus lábios, precisaríamos ter paciência com as nossas limitações. Acredito que foi insegurança infantil o motivo por que não falamos de nossas condições uma para a outra ao celular. Mas nos aproximou ainda mais e com muito amor nos ajudaríamos.

Depois da agradável visita, já de volta em casa, sentia um misto de sentimentos. Alegria por encontrar uma nova amiga e preocupação ao mesmo tempo. Por eu ser uma menina muito ativa e estar sempre correndo pelos campos, subindo em árvores com toda a liberdade, senti medo de não encontrar maneiras que Beatriz pudesse me acompanhar e se divertir.

Tive então uma ideia! Se minha amiga tivesse disposição e coragem, eu poderia adaptar a bicicleta em sua cadeira e passear pela bela cidadezinha. Conversando com meu avô, ele me ajudou nesta questão e criou com barras, parafusos e cinto de segurança (essa parte já foi com dona Julia), um veículo seguro, confortável e de outro mundo!

Quando falei dessa invenção a ela, senti brotar uma emoção em seu olhar, poderíamos passear livres na pacata cidade. E até pessoas que nos viam juntas e felizes, ficavam emocionados ao ver duas amigas inseparáveis.

Mas nem todos nos apoiavam, lembro com tristeza uma ocasião em que decidimos fazer um piquenique mais distante que o costume e precisaríamos atravessar a ponte do pequeno riacho, um lugar de vista belíssima, seria uma aventura e tanto para nós.

Partimos com todo entusiasmo, mas quando lá estávamos chegando, pessoas que faziam a travessia impediram que a gente continuasse, pois diziam que aquele passeio não era adequado para nós e que deveríamos voltar para casa. E assim fizemos, voltamos arrasadas e choramos muito.

Com o tempo, Bia, como passei a chamá-la, percebeu que nada poderia nos impedir. A amizade era tudo de bom, nos apoiávamos uma na outra, juntas éramos fortes para conscientizar as pessoas de que éramos capazes. Então decidimos retomar a travessia e viver a aventura.

Desta vez foi mais divertido, pois Carlinhos e Augusto foram também, souberam o que nos aconteceu e decidiram nos acompanhar. E assim, em uma tarde ensolarada, partimos para o piquenique. Sanduíches com suco de laranja ao som do violão de Carlinhos, tivemos bons momentos de contentamento e superação.

Tornamo-nos uma só família e todos adoraram a Bia. Pela pessoa amável que é, meu avô construiu na laranjeira uma casa com um elevador de expia de aço para que a Bia pudesse subir. Lá do alto ela podia ver a sua casa e onde tudo começou.

Felicidade maior só se compara com a mudança de meus pais. Eles mudaram de emprego e resolveram tentar vida nova na cidadezinha e a possibilidade de crescermos juntas aconteceu.

Fomos estudar na mesma escola. O tempo foi passando e Beatriz não se parecia mais com a menina triste que eu conheci, estava decidida e alegre. A dedicação aos estudos e a inclusão foram sempre suas prioridades, seu exemplo de determinação contagiava a todos, tornando-a líder.

Descobrimos a adolescência, os encantos dessa fase e também as diferenças que nos assombram e nos excluem, mas nem tudo foi ruim, pois eu, acompanhando sua força de vontade, ia me superando também.

Conhecemos amigos que nos aceitaram como somos e nos valorizaram pelas pessoas de bem em que nos transformamos, que superaram suas dificuldades e juntas buscam ajudar outras pessoas que sofrem o preconceito.

E hoje estamos nos preparando para um novo desafio: morar sozinhas em uma cidade grande para poder cursar a faculdade. Todas essas lembranças que voltaram em meu pensamento, me emocionaram, pois estou mexendo em meu quarto fazendo as malas e encontrando pedaços de nossas vidas em objetos e escritos. Traduzem o quanto somos importantes uma para a outra e como foi bom poder conviver com ela e aprender com sua força e coragem.

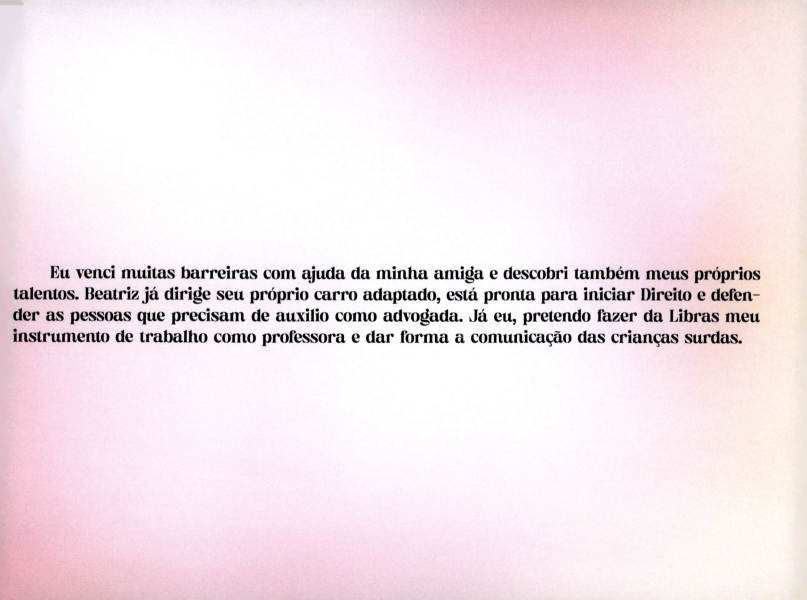

Eu venci muitas barreiras com ajuda da minha amiga e descobri também meus próprios talentos. Beatriz já dirige seu próprio carro adaptado, está pronta para iniciar Direito e defender as pessoas que precisam de auxílio como advogada. Já eu, pretendo fazer da Libras meu instrumento de trabalho como professora e dar forma a comunicação das crianças surdas.

Para Colorir!

Eliana Teresinha Freitas de Oliveira é formada em Pedagogia, apaixonada pela literatura Infantil, o mundo das artes, a natureza e os animais. Vive em Cachoeira do Sul/RS.